First Edition 2000
Paperback Edition 2007
Spanish English Hardcover Edition 2007
Spanish English Paperback Edition 2007

HOOPOE

**Visit www.hoopoekids.com for a complete list
of Hoopoe titles, CDs, DVDs, an
introduction on the use of Teaching-Stories™**
Learning that Lasts, **and parent/teacher guides**

ISBN 978-1-883536-92-3

Library of Congress has catalogued a previous English language only edition as follows:

Shah, Idries, 1924-
    The boy without a name / written by Idries Shah ; illustrated by Mona Caron.— 1st ed.
        p. cm.
    Summary: A Sufi teaching tale of a boy without a name who visits a wise man and acquires
both a name and a wonderful dream.
    ISBN 1-883536-20-0
    [1. Folklore.] 1. Caron, Mona, 1971- ill. 11. Title.

PZ8.S47 Bo 2000
398.22--dc21
[E]
                                                                    99-051505

The Boy Without A Name

Idries Shah

El niño sin nombre

HOOPOE BOOKS
BOSTON

Once upon a time, long, long, long ago, in a country far from here, there lived a boy who had no name. It is very strange to have no name, and you might ask, "Why didn't he have a name?"

Well, it was like this.

Había una vez, hace mucho, mucho, mucho tiempo, en un país lejos de aquí, un niño que no tenía nombre. Es muy extraño no tener nombre, y ustedes se preguntarán "¿Por qué no tenía nombre?"

Bueno, pasó así.

On the day he was born, his parents were just about to choose a name for him when a very wise man came to the house.

"This is a very, very important boy," he told them, "and I am going to give him something marvelous one day, but I will have to give him his name first. So please don't give him a name yet."

"All right," said his parents, "but when will he get a name?"

"I cannot say now," replied the wise man, "but remember, he is a very important boy and you must be careful not to give him a name."

El día en que nació, sus padres estaban a punto de elegir un nombre para él cuando apareció en la casa un hombre muy sabio.

"Este es un niño muy muy importante," les dijo, "y yo un día le voy a dar algo maravilloso, pero tendré que darle primero su nombre. Así que, por favor, no le den todavía un nombre."

"Muy bien," dijeron sus padres, "¿pero cuándo va a tener su nombre?"

"No puedo decirlo ahora," respondió el hombre sabio, "pero recuerden, él es un niño muy importante y ustedes deben tener cuidado de no darle un nombre."

So the parents called him "Benaam," which means "Nameless" in the language of that country. For he was a boy without a name.

Entonces los padres lo llamaron "Benaam", que significa "Sin Nombre" en el idioma de aquel país. Pues, él era un niño sin un nombre.

One day Nameless went to see his friend who lived in the next house. "Everybody has a name, and I would like to have one, too. Do you have a name you can give me?" he asked.

The other boy said, "I only have one name. It is Anwar. That's my name, and I need it. If I gave it to you, what would I do for a name? Besides, what would you give me if I did give you my name? You haven't got anything."

Un día Sin Nombre fue a ver a su amigo que vivía en la casa de al lado. "Todo el mundo tiene un nombre, y a mí me gustaría tener uno, también. ¿Tú tienes un nombre para darme?" preguntó.

El otro niño dijo, "Yo tengo sólo un nombre. Es Anwar. Ése es mi nombre, y lo necesito. Si te lo diera a ti ¿qué haría yo para tener un nombre? Además, ¿qué me darías tú si yo te diera mi nombre? Tú no tienes nada."

"I've got a dream I don't want. I could give you that," said Nameless.

"But how can we find out how to get a name and how to pass on a dream from one person to another?" asked Anwar.

"I know," replied Nameless, "let's go and ask the wise man!"

Now, the wise man knew everything, and fortunately he didn't live very far away.

"Yo tengo un sueño que no quiero. Puedo dártelo", dijo Sin Nombre.

"¿Pero cómo podemos saber cómo se hace para conseguir un nombre y para pasar un sueño de una persona a la otra?" preguntó Anwar.

"Ya sé", respondió Sin Nombre, "¡vamos a preguntarle al hombre sabio!"

Bueno, el hombre sabio sabía de todo y por suerte no vivía muy lejos.

So Nameless and Anwar went to his house and they knocked on the door. As soon as he saw them, the wise man said, "Come in, Nameless and Anwar!" even though he had never seen them before.

"How did you know who we were?" they asked.

"I know many things. And, besides, I was expecting you," said the wise man.

Así es que Sin Nombre y Anwar fueron a su casa y llamaron a la puerta. Tan pronto como los vio, el hombre sabio dijo, "¡Adelante, Sin Nombre y Anwar!", aunque él nunca los había visto antes.

"¿Cómo sabía usted quiénes éramos?" le preguntaron.

"Yo sé muchas cosas. Y además, los estaba esperando," dijo el hombre sabio.

"Sit down here, and I'll see what I have in my magic boxes," he continued.

So the boys sat down on cushions beside the wise man.

And he took up a small box, saying, "This is a magic box, and it's absolutely full of all kinds of names. You just see."

"Siéntense aquí, que yo voy a ver lo que tengo en mis cajas mágicas," les dijo.

Entonces los niños se sentaron en almohadones al lado del hombre sabio.

Y sacando una caja pequeña, él dijo, "Esta es una caja mágica, y está absolutamente llena de toda clase de nombres. Véanlo ustedes mismos."

And when he opened the lid of the box,
the boys could hear all the names in it.

There were all kinds of names. Names, names,
names. Names saying themselves, names
saying other names. Names saying names
from all the countries of the world.

Y cuando abrió la tapa de la caja, los niños pudieron escuchar todos los nombres que allí estaban.

Había toda clase de nombres. Nombres, nombres, nombres. Nombres diciéndose a sí mismos, nombres diciendo otros nombres. Nombres diciendo nombres de todos los países del mundo.

And the wise man picked a name out of the box and handed it to Nameless, and the name jumped onto his hand, ran up his arm and sprang onto his shoulder, and then it went into his ear and right into his head.

Y el hombre sabio tomó un nombre de la caja y se lo dio a Sin Nombre, y el nombre saltó en su mano, corrió por su brazo y saltó sobre su hombro, y entonces se metió por su oído y derechito dentro de su cabeza.

And suddenly he knew that he had a name!
"Hooray! Hooray!" he said, "I've got a name. I am Husni!"

Husni was his name.

Then Anwar cried out, "But I want the dream that Husni promised me!"

"Patience, my boy!" said the wise man.

¡Y de repente él supo que tenía un nombre!
"¡Viva! ¡Viva!", dijo, "¡Tengo nombre. Yo soy
Husni!"

Husni era su nombre.

Entonces Anwar gritó, "¡Pero yo quiero el
sueño que Husni me prometió!"

"¡Paciencia, muchacho!" dijo el hombre sabio.

And he picked up another box and opened its lid. "This is a box of dreams that people don't want," he said. "You just stroke your head to take the dream out of it, Husni, and then put the dream into this box."

And Husni did so, and, sure enough, when he stroked his head he found that the dream came into his hand, and when he put his hand down near the box, the dream popped into the box.

Y tomó otra caja y abrió la tapa. "Esta es la caja de los sueños que la gente no quiere," dijo. "Pásate la mano por la cabeza para sacar el sueño, Husni, y después pon el sueño en esta caja."

Y Husni así lo hizo y, efectivamente, cuando se pasó la mano por la cabeza vio cómo el sueño se venía a su mano, y cuando él puso la mano cerca de la caja, el sueño se metió dentro de la caja.

Then the wise man took up another box, and he opened the lid and said, "This box is full of wonderful dreams!" And the two boys could see all sorts of marvelous dreams inside.

Después el hombre sabio
tomó otra caja, y abrió la
tapa y dijo, "¡Esta caja está
llena de sueños maravillosos!"
Y los dos niños pudieron ver
toda clase de maravillosos
sueños dentro de ella.

Wonderful, wonderful dreams!

¡Sueños maravillosos, maravillosos!

"I am going to give you one dream each," said the wise man. And then he asked them each to pick a dream. And they did. And the dreams, as soon as they caught hold of them, ran up their arms, onto their shoulders, into their ears and right into their heads, just as Husni's name had done.

"Yo voy a darles un sueño a cada uno de ustedes," dijo el hombre sabio. Y entonces le pidió a cada uno que sacara un sueño. Y así lo hicieron. Y los sueños, tan pronto como alcanzaron a los niños, corrieron por sus brazos, por sus hombros, dentro de sus oídos y derechito dentro de sus cabezas, así como lo había hecho el nombre de Husni.

And after that, forever and ever,
Husni had a name ...

Y después de esto, para siempre,
siempre, Husni tuvo un nombre...

and the two boys, Husni
and Anwar, always had
wonderful dreams.

y los dos niños, Husni y
Anwar, siempre tuvieron
sueños maravillosos.

Other Books by Idries Shah

For Young Readers
El hombre y el zorro
Neem el medio niño
El hombre maleducado
La señora y el águila
The Clever Boy and the Terrible, Dangerous Animal/
El muchachito listo y el terrible y peligroso animal
The Farmer's Wife/ La esposa del granjero
The Lion Who Saw Himself in the Water/ El león que se vio en el agua
The Silly Chicken/ El pollo bobo
The Man with Bad Manners
The Man and the Fox
Neem the Half-Boy
Fatima The Spinner and the Tent
The Magic Horse
The Old Woman and the Eagle

Literature
The Hundred Tales of Wisdom
A Perfumed Scorpion
Caravan of Dreams
Wisdom of the Idiots
The Magic Monastery
The Dermis Probe

Novel
Kara Kush

Informal Beliefs
Oriental Magic
The Secret Lore of Magic

Humor
The Exploits of the Incomparable Mulla Nasrudin
The Pleasantries of the Incredible Mulla Nasrudin
The Subtleties of the Inimitable Mulla Nasrudin
The World of Nasrudin
Special Illumination

Travel
Destination Mecca

Human Thought
Learning How to Learn
The Elephant in the Dark
Thinkers of the East
Reflections
A Veiled Gazelle
Seeker After Truth

Sufi Studies
The Sufis
The Way of the Sufi
Tales of the Dervishes
The Book of the Book
Neglected Aspects of Sufi Study
The Commanding Self
Knowing How to Know